S. Wolff

ROTTEN – Verdorben bis ins Mark

story.one – Life is a story

story.one

1st edition 2023

Production, design and conception:
story.one publishing - www.story.one
A brand of Storylution GmbH

Font set from Minion Pro, Lato and Merriweather.

ISBN: 978-3-7108-4656-4

Für Thomas, meinen Stern in
der finstersten Nacht,
Jana, meinen Regenbogen unter
grauen Wolken,
Michael, meinen Fels in der
Brandung,
und für Sophia, meinen
Sonnenstrahl an dunklen Tagen.

INHALT

Es war einmal...

... Vor vielen Jahren ein Königreich, dass sich Valtara nannte. Einst gesegnet mit Reichtum und Frieden, waren die goldenen Jahre jenes Landes jedoch längst vorüber. Zahlreiche Kriege mit den Nachbarländern und ein schwerer Schicksalsschlag im Königshaus hatte das Reich geschwächt. Nun befand es sich in einem Zustand der Dunkelheit und Verzweiflung. Durch Blut und die zahllosen Kämpfe war der Boden vergiftet und unfruchtbar geworden. Armut, Krankheit und Krieg plagten das arme Volk und die Menschen litten.

Einst hatte sich ihr gutherziger Herrscher stets um ihr Wohlergehen gesorgt. Doch seit vor Jahren seine geliebte Königin im Kindbett entschlief, schien jedes Mitgefühl mit ihr gestorben zu sein. Die Herrscherin hinterließ dem König allein ihre Tochter, die sie Mairwen tauften, denn dies bedeutete schön, hell und weiß. Und weil sie jene so sehr liebten, nannte das Königspaar sie liebevoll „Schneewittchen“, passend zu der schneeweißen Haut und der zarten

Schönheit ihrer Tochter.

Mairwen wuchs heran und mit jedem Tag wurde sie ihrer verstorbenen Mutter ähnlicher. Dies jedoch drückte tiefe Scherben in die Brust ihres Vaters und selbst nach all den Jahren, war seine Trauer noch groß und leidvoll. Aus diesem Grund hielt er seine Tochter fern seiner Blicke und mied sie, um sein eigenes Leid zu lindern.

So zogen die Jahre ins Land und die Prinzessin wuchs heran. Sie war gerade ein junges Mädchen, als sich ihr Vater schließlich erneut eine Frau nahm. Mit der Liebe für seine neue, bildschöne Gattin, erwärmte sich auch das Herz des Königs wieder für seine Tochter. So kam es, dass nach den Tagen der freudvollen Hochzeitsfeier, König und Königin das Mädchen aus den Schatten wieder an ihre Seite holten. Alles schien sich zum Guten zu wenden.

Doch jener kleine Sonnenstrahl der Hoffnung sollte nicht lange andauern.

Als Mairwen älter wurde, begann ihre Schönheit mit der ihrer Stiefmutter zu wetteifern. Mit jedem Tag schien sie strahlender und schöner zu werden und die Königin musste erkennen, dass das Mädchen immer mehr Zuspruch gewann. Sie sah ihre Macht bedroht, was ihre Verachtung für ihre Stieftochter nur noch verstärkte. Denn Königin Rhiannon war eine von Eitelkeit und Stolz zerfressene Frau. Sie sah in der jungen Prinzessin eine ständige Erinnerung an die vergangene Liebe ihres Mannes und eine Konkurrenz um ihre Stellung. Sie konnte den Anblick des Mädchens und die Liebe, die der König für sie empfand, einfach nicht ertragen. Eifersucht gedieh in ihrem Herzen und vergiftete ihre Gedanken. Und jene Gedanken waren es, die schließlich zu finsteren Taten werden sollten.

Als Schneewittchens Schönheit weiter aufblühte, wuchs der Neid Rhiannons ins Unerträgliche. Sie hasste das Kind so sehr, dass sie es nicht mehr zu erdulden vermochte. So schmiedete sie Pläne und war entschlossen, die unliebsame Tochter aus dem Weg zu räumen.

"Von Stund an, wenn sie Schneewittchen erblickte, kehrte sich ihr das Herz im Leibe herum - so haßte sie das Mädchen."

- Gebrüder Grimm -

Kapitel 1

Der Geschmack des Triumphs

Fahles Mondlicht tastete durch die großen Fenster in das Innere des Raumes, in dem nur ein paar Kerzen entzündet worden waren, um die Dunkelheit daraus zu vertreiben. „Ich verstehe das einfach nicht.“ Das Mädchen wischte sich über die feuchten Wangen. Das lange, schwarze Haar fiel ihr um die zarten Züge, die mit jedem Tag seit dem letzten Winter mehr und mehr dem eines Kindes entwachsen waren.

„Mein armes Kind“, säuselte die Königin und neigte sich ein wenig nach vorn, während sie sachte die Hände ihrer Stieftochter in die ihren nahm. Sie waren klein und zart, weich und makellos. Und sie hasste sie mit jedem fortlaufenden Herzschlag nur noch mehr, denn sie wurde mit jedem Tag schöner, während Rhiannon selbst dahinwelkte. „Ich werde mit deinem Vater sprechen. Sicherlich ist es nur ein Missverständnis.“ Ihre Lippen formten ein tröstendes Lächeln, dessen Wärme ihre Augen jedoch nicht zu erreichen vermochte. „Sicher will er dich nicht wirklich verbannen.“

Dabei entließ sie die jüngeren Hände aus den Ihren und neigte sich vor, um einen der goldenen Teller von dem edel verzierten Tisch zu nehmen. Ein vorzüglicher Duft von Zimt und Apfel wehte ihnen von dem goldbraunen Gebäck entgegen. Fürsorglich reichte die Königin ihn Schneewittchen. „Die Gerüchte über dein unangemessenes Verhalten sind bereits seit Längerem überall im Umlauf, Mairwen. Es heißt, du hättest sogar eine eurer Kammerzofen so schwer geschlagen, dass sie ihre Arbeit nicht weiter fortsetzen konnte." Die Königin strich dabei eine nicht vorhandene Falte in ihrem ausladenden Kleid glatt, das ihr wie Flüsse aus glänzendem Gold um die Beine wallte. „Und nun spricht man von einer Verschwörung gegen deinen eigenen Vater, den König höchstselbst."

Neben ihr kam Bewegung in den schlanken Körper. Wie ein Reh im Licht einer Laterne riss die Prinzessin die ach so großen, blauen Rehäuglein auf und Rhiannon voller Unglauben an. „A-Aber... wie kommt er nur darauf? Ich würde ihm – oder Euch – niemals etwas Schlechtes wollen!", schwor die Prinzessin.

Die Königin winkte ab, als scheuchte sie eine lästige Fliege fort. Wann hörte das Kind nur endlich auf zu reden?
„Das weiß ich doch. Nun beruhige dich. Iss etwas und alles wird sich zum Guten wenden", sprach sie dem aufgelösten Prinzesschen zu, das sich in all den Jahren am Hof doch ihr reines Herz bewahrt hatte.

Unsichtbare Spannung zog in jeden Muskel und ihre Augenbraue zuckte, während sie dabei zusah, wie Prinzessin Mairwen die silberne Gabel in dem Kuchen versenkte. Die Kruste knirschte und der goldene Saft der Äpfel schimmerte im fahlen Kerzenlicht. Das Mädchen schob sich das Stück in den Mund. Anmut. Noch etwas, dass diesem Kind fehlte. Dennoch hatte Rhiannon lange keine solch bodenlose Verzückung empfunden, wie in diesem Augenblick.

„Schmeckt dir der Apfelkuchen? Ich habe ihn für dich allein zubereiten lassen."

Wäre das arme Schneewittchen aufmerksamer gewesen, spätestens in diesem Moment wäre ihr der Klang des Verderbens in der Stimme ihrer Stiefmutter aufgefallen.

"Schneewittchen soll sterben," rief sie, "und wenn es mein eigenes Leben kostet!"

- Gebrüder Grimm -

Kapitel 2

Der letzte Atemzug

Als das Mädchen neben ihr begann zu husten, streckte Rhiannon in seliger Zufriedenheit die Hand nach der Teetasse aus. Porzellan klirrte leise und feine Kringel Rauch stiegen über der rubinroten Flüssigkeit auf.

Neben ihr begann Prinzessin Mairwen indes zunehmend kläglicher zu husten, stellte den Teller mit zitternden Händen fort und fasste mit fahriger Bewegung nach ihrer Teetasse. Sie versuchte zu trinken – doch es half nichts. Das Mädchen röchelte und inzwischen war ihr Gesicht rot angelaufen. In ihrer Verzweiflung griffen ihre Finger nach ihrer Stiefmutter und gruben sich in den Stoff des edlen Kleides. Sie öffnete den Mund immer und immer wieder, brachte jedoch nur japsende Laute heraus.

„Weißt du Kind, es hätte nicht so enden müssen." Die Königin stellte die Tasse beiseite und schlug die Hände harsch hinfort, die ihr das Kleid zerknitterten. Nun schien auch die Prinzessin langsam zu verstehen. Mit ihren großen, weit aufgerissenen Augen sah sie nicht mehr aus, wie die gehuldigte Schönheit, sondern wie ein an Land gezogener Fisch.

Mairwen fuhr auf, wankte und stolperte über den Rand des Tisches. Dumpf traf ihr Körper auf den harten Boden. Geschirr klirrte, während sie würgte und weinte. Ihr Körper schüttelte sich in dem leidvollen Todeskampf. Sie wimmerte und heiße Tränen tränkten ihre Wangen aus einem ganz anderen Grund als kurz zuvor. In ihrem Todeskampf kroch Schneewittchen über den kalten Boden. Ihre Augen groß und rund; ihre Lippen vergeblich nach Luft ringend. Schlanke Finger erreichten die Stiefelspitzen des Wachmannes, der neben der Pforte positioniert war und sich nicht eine Sekunde geregt hatte. Schneewittchen tastete an dem Leder der Stiefel hinauf, dann riss sie vergeblich an dem roten Stoff des Umhanges. Doch als der Blick des Mannes auf sie herunterfiel, fand sie dort weder Mitgefühl noch ein Versprechen nach Hilfe. Stattdessen erkannte sie unter dem Helm den treuen Jäger der Königin.

„Wärst du einfach nur unsichtbar geblieben, so hätte ich dich nicht aus dem Weg räumen müssen.“ Rhiannon erhob sich und der Klang ihrer Absätze begleitete die anmutigen Schritte der Königin, während sie ohne Mitleid auf ihre sterbende Stieftochter herabsah. Diese wand sich auf den glatten Marmorplatten, zuckte unkontrolliert und ihre Muskeln krampften in den letzten, leidvollen Sekunden ihres kümmerlichen Lebens. Die Königin sah die lautlose Frage; das 'Warum?' in den großen, aufgerissenen Augen, die sie mit der Erkenntnis des Verrates anstarrten. Rhiannon sah dabei zu, wie Mairwen die Augen verdrehte und dann... war sie endlich still.

„Sorge dafür, dass sie verschwindet. Und sei achtsam – niemand soll es mitbekommen", befahl die Königin mit kalter Stimme. Dann trat sie über den leblosen Körper hinfort und das Licht der Kerzenlüster tastete ein letztes Mal über Schneewittchens Krone. Die goldene Zier auf dem Haupt der - *einst!* - Schönsten im ganzen Lande.

„Bring das Kind hinaus, tief in den Wald. Verscharre sie oder wirf sie den Bestien bei den Höhlen zum Fraß vor - es ist mir gleich. Doch niemand soll sie jemals wieder zu Gesicht bekommen.“

"Der Jäger gehorchte und führte Schneewittchen hinaus in den Wald..."

- Gebrüder Grimm -

Kapitel 3

Zeit zu sterben

Die Sterne blinzelten am Seidenband des Nachthimmels neben dem Sichelmond um die Wette. Nur wenig Mondlicht schaffte es durch die verwachsenen Baumkronen auf den Waldboden herunter. So lag alles unterhalb ihres Blätterdaches in schummriger Finsternis und Nebelfetzen zogen in geisterhaften Flüssen über feuchtes Blattwerk und harte Erde hinfort. Das laute Pochen von Hufen wirbelte Dreck auf und der weite Mantel des Jägers flatterte wie eine Fahne hinter ihm her. Der Lärm verursachte Unruhe unter den Bewohnern des Waldes, während das Ross zwischen Dickicht und Baumreihen hindurch preschte, unbeirrt seinem Ziel entgegen.

Es war tiefste Nacht, als der Reiter endlich die Geschwindigkeit des Pferdes zügelte. Am Ausläufer der Berge stieg der Reiter vom Rücken seines Rosses; dann wandte er sich um und griff nach dem Bündel, das über den Sattel geworfen worden war. Die behandschuhten Hände des Jägers griffen nach dem leblosen

Leib. Ihm bangte es, länger als nötig hier zu verweilen und so eilte er sich besonders, seine Last loszuwerden. So schulterte er sich das Mädchen und schleppte sie dem finsteren Koloss des Berges entgegen. In der Dunkelheit streckte sich der Dunkelfang-Gipfel wie eine Speerspitze dem Himmel entgegen. Es war anstrengend, den Körper der Prinzessin über das unwegsame Gelände zu schleppen. Steine drückten in die Sohlen seiner Stiefel, der Fels war durch die Feuchtigkeit der Nacht glatt und rutschig und das verdammte Balg schwer. Eine frostige Brise wehte ihm ins Gesicht und blies das Haar aus seinen vernarbten Zügen. Schweiß machte seine Haut feucht und klamm.

Eigentlich hätte er sie näher zum Berg bringen sollen. Zu den Höhlen, näher zu den Biestern, die dort hausten. Doch jener Gedanke war es, der ihn dazu brachte, den Körper schließlich fallen zu lassen. Hier war es ebenso gut, wie überall! Was spielte es für eine Rolle, ob die Biester das Mädchen hier zerfleischten oder er es ihnen näher an ihre Höhlen brachte?

Der Jäger stieß ein Schnauben aus und war dabei sich abzuwenden, als ihm plötzlich eine winzige weiße Wolke auffiel, die sich von den roten Lippen löste. Sofort versteifte sich sein Körper und er fuhr herunter, dem Balg entgegen. Es musste Einbildung sein! Seine Sinne spielten ihm einen Streich.

„Du bist tot", sprach er leise, als wollte er damit die Realität überzeugen. Doch seine Hände zitterten, als er einen Handschuh auszog und seine Finger zu den roten Lippen glitten. Eine Sekunde hörte er nur seinen eigenen Herzschlag. Dann stieß er einen harschen Fluch aus. Er wusste nicht wie, er wusste nicht warum... aber das Mädchen war noch am Leben!

Sein Kiefer spannte sich und die Lippen des Mannes unter dem dunklen Bart formten eine harte Linie, während seine Hände zu dem Jagdmesser an seiner Seite glitten. Der Befehl der Königin war eindeutig gewesen: Schneewittchen musste sterben und für immer verschwinden!

Der Jäger zog das große Messer und das Mondlicht glitt über die geschliffene Klinge.

„Zeit zu sterben, Prinzessin."

Kapitel 4

Jäger & Beute

Der Blick des Jägers haftete sich auf die Züge der Prinzessin. Ihre Haut war so weiß wie Schnee. Die langen, geschwungenen Wimpern warfen leichte Schatten auf ihre rosigen Wangen und die Lippen waren einen Spalt geöffnet. Sie war wunderschön. Atemberaubend. Dies ließ ihn eine Sekunde innehalten.

Da drang ein Rascheln an seine Ohren.

Der Jäger hielt in seiner Bewegung inne. Angestrengt lauschte er in die Dunkelheit. Angespannt streifte sein Blick umher. War dort noch ein Rascheln in der Finsternis? Schlich etwas umher?

Seine Finger umfassten den Griff des Jagdmessers so fest, dass seine Knöchel weiß hervortraten. In den Tiefen der Wälder lauerten zahlreiche Gefahren. Wäre seine Loyalität zu seiner Königin nicht um Weiten größer gewesen, niemals hätte er sich bei Nacht so tief hineingewagt. Obwohl sein Atem ruhig und flach war, pochte sein Herzschlag wie wildes Trommeln in seiner Brust.

Da hörte er es erneut.

Das Knacken eines Astes, der unter zu viel Last brach. Er fuhr herum und sah die Bewegung eines Schattens im Dickicht. Ein Körper drückte Astwerk beiseite und bewegte sich schnell hindurch. Blätter raschelten und fielen zu Boden.

Langsam griff er mit der freien Hand nach dem Gurt seiner Armbrust und zog sie von seinem Rücken. Sein Herzschlag dröhnte in seinen Ohren und obwohl die Finger des Jägers eiskalt waren, brannte sein Körper vor Anspannung. Was war es? Ein Wolf? Ein Bär? Oder etwas Schlimmeres?

Die Finger des Mannes glitten an seine Seite. Messer oder Bolzen... wenn das Biest schon so nahe herangekommen war, würde der Nahkampf für ihn ohnehin nicht zu seinem Vorteil sein. Er war ein Jäger. ER war es, der seiner Beute auflauerte und der aus dem Hinterhalt den tödlichen Bolzen abfeuerte. Doch jetzt war er es, der in die Enge getrieben worden war.

In der Dunkelheit konnte er kaum etwas erkennen. Schatten und schummriges Licht verwischten die Gestalt. Nur das Rascheln leitete seinen Blick.

Sein Atem ging schwer und jeder einzelne Atemzug erschien dem Jäger verräterisch laut. Wann sprang das Biest? Er musste unbedingt den richtigen Augenblick abpassen, oder er wäre praktisch tot. Angespannt legte sich sein Finger um den Abzug der Armbrust.

Dann raschelte es plötzlich in einer anderen Richtung.

Der Mantel flatterte und sein Finger zog den Abzug zurück. Das Zischen durchschnitt die Luft und der Bolzen schoss davon. In diesem Moment traf ihn etwas hart im Rücken und ein Ruck ging durch seinen Körper.

Der Jäger spürte, wie der nächste Atemzug nicht in seine Lungen gelangen wollte. Stattdessen drang nur ein röchelnder, gurgelnder Laut von seinen Lippen.

Kapitel 5

Futter für die Würmer

Der Geschmack von warmem Blut schwemmte in seine Kehle. Als sein Blick an seiner Brust herunterfiel, ragte die Spitze einer Klinge daraus hervor. Sein Blut tränkte sie in nasses Rot und der Jäger spürte, wie sein Leben unaufhaltsam entwich.

Kälte machte seine Finger zunehmend taub, seine Sinne stumpfer. Die Armbrust fiel zu Boden und blieb dort im Dreck liegen. Erneut versuchte er zu atmen. Das letzte Aufbäumen, ehe er auf die Knie herunter und schließlich zur Seite sank. Dort blieb er regungslos neben seiner Waffe liegen, während sich Schatten aus der Dunkelheit lösten. Drei hinter einem gewaltigen Felsen, ein weiterer hinter einem der breiteren Bäume. Zwei von weiter entfernt.

„Warum wagt sich dieser lebensmüde Narr bei Nacht in unseren Wald?"

„Er hat versucht, seinen Dreck bei uns abzuladen", antwortete ihr Anführer, während er mit einem Ruck das Schwert aus dem Rücken des Jägers zog. Er wischte die Klinge an dem Toten ab und nickte mit dem Kinn zu der am Boden liegenden Gestalt des Mädchens.

„Sicher wieder ein armes Ding, das der Königin im Weg stand", schnaubte einer seiner Leute, trat näher an das Opfer heran und sog plötzlich die Luft schärfer ein. „Boss ... das musst du dir unbedingt ansehen!"

„Durchsucht ihn. Er wird sicher etwas Nützliches bei sich haben. Und findet sein Pferd. Er ist nicht zu Fuß hierhergekommen", befahl der Angesprochene und wandte sich seinem Kameraden zu, während die anderen seiner Bande den Jäger fledderten. Doch als sein Blick auf die Gestalt am Boden fiel, wollte er seinen Augen nicht trauen.

„Das ist die Prinzessin."

„Ist sie tot?"

Der Anführer beantwortete die Frage nicht sofort. Stattdessen neigte er sich herunter und legte sein Ohr auf ihre Brust. „Sie atmet noch ... aber nur sehr schwach." Er überlegte einige Sekunden, dann schob er die Hände unter den Körper und hob sie auf seine Arme. „Sieht aus, als wäre das heute unser Glückstag, Männer“, rief er seinen Kumpanen zu und gehässiges Gelächter schwemmte in die Nacht.

„Und was machen wir mit dem Jäger?“, fragte einer der anderen und stieß den Körper mit dem Stiefel an.

Der Anführer warf einen Blick über die Schulter zu dem Jäger, der nun selbst zur Beute geworden war.

„Lasst ihn liegen, wo er ist. Die wilden Tiere verdienen auch etwas zu fressen“, meinte er, „... und der Rest ist Futter für die Würmer.“

*Da wollten sie es begraben,
aber es sah noch so frisch aus
wie ein lebender Mensch und
hatte noch seine schönen, roten
Backen.
Sie sprachen:
"Das können wir nicht in die
schwarze Erde versenken."*

Kapitel 6

Der Schwarze Prinz

„Es war einmal... Vor vielen Jahren ein Königreich, das sich Valtara nannte. Dort verschwand von einer Nacht auf die andere eine bezaubernde Prinzessin. Ihr Verlust brach dem König das Herz und so starb er an seinem Schmerz. Man munkelt, eine Hexe oder böse Zauberin hätte das arme Mädchen entführt. Seitdem nun ruhe sie in einem gläsernen Sarg, tief in den finsteren Wäldern ... und wartet auf Prinzen und Ritter, Edelmänner und tapfere Streiter, um sie aus ihrem Schlaf zu erlösen", rezitierte der Prinz auf seinem Ross die lächerliche Geschichte, während die Hufe die zahlreichen bunten Blätter rascheln ließen. Silberne und goldene Fäden glänzten trotz der nur sehr schwachen Herbstsonne auf seinem Umhang und seiner edlen Kleidung und blitzten immer wieder, wenn das Lichtspiel kleine Flecken auf sie warf.

„Aber Sire, niemand, der je in den Wald auszog, um sie zu suchen, kehrte jemals zurück ... egal ob Soldaten des Königspaares oder tapfere

Ritter...“, stammelte ein kleinerer Mann, der nervös die Blicke immer wieder nach rechts und links wandte.

Nun stieß der Prinz ein dunkles Lachen aus, das seine Brust beben ließ, ehe er den Blick zur Seite zu seinem Diener wandte. Der Kerl war schon immer leicht einzuschüchtern gewesen, doch er war ... ganz nützlich. Meistens jedenfalls.

„Das erzählt man sich“, bestätigte Leander die Worte, statt ihm die Furcht zu nehmen, „Doch wäre es nicht unglaublich *helden haft*, würde ich sie finden, aus ihrem Zustand befreien, zu ihrer trauernden Stiefmutter zurückbringen?“

Der bedauernswerte Diener schluckte schwer, denn er sah das finstere Blitzen in den eisblauen Augen seines Herrn.

„Ja Sire ... sehr heldenhaft“, bestätigte er heiser, mehr wimmernd als wahrhaft von der Idee eingenommen.

Als sie die steinernen Klüfte zum Fuße des Berges erreichten, wo sich der Wald nun langsam lichtete, rutschte der Narr noch nervöser auf dem Rücken seines Rosses.

„Sire, ich habe kein gutes Gefühl dabei", murmelte der kleine Mann mit dem schütteren braunen Haar und wischte sich über die schweißnasse Stirn.

„Weil wir beobachtet werden", stellte Prinz Leander trocken fest und ignorierte die plötzlich vor Furcht aufgerissenen Augen seines Dieners geflissentlich.

„Gebt euch zu erkennen! Ich weiß, dass ihr uns folgt! Ich bin hier, um zu verhandeln!" rief er laut, als warf er einem wilden Hund einen lockenden Knochen vor die Nase. Leanders Stimme traf an die Felswände und starren Bäume. Das Hallen seines Echos kletterte wie eine Eidechse über grauen Stein und flatterte in die Wipfel der Baumkronen.

Als das scharfe Zischen nahe an ihm vorbeischoss, überraschte es den Hengst mehr als seinen Reiter. Das Geschoss verfehlte ihn nur knapp und bohrte sich mit der Spitze neben den Hufen seines Pferdes in die Erde.

"Laßt mir den Sarg,
ich will euch geben,
was ihr dafür haben wollt."

- Gebrüder Grimm -

Kapitel 7

Handel mit dem Teufel

Das überraschte Tier begehrte auf, bäumte sich in die Höhe und stieß ein schrilles Wiehern aus. Leander griff harsch nach den Zügeln und brachte das Tier dazu, innezuhalten.

„Ganz schön mutig, für einen Kriecher der Krone, sich hier herzuwagen", erklang es irgendwo aus dem Unterholz.

„Wir sollten ihn einfach töten, so wie alle vor ihm", fügte eine andere an, dann raschelte es in einem der Büsche und ein Mann kam zum Vorschein. Schmutziges Haar, das Gesicht verschmiert mit Dreck- und eine Armbrust im Anschlag.

„Weißt du, wie viele feine Herren wir vor dir schon erledigt haben?", fragte es aus einer anderen Richtung. Ein dunkler, lachender Klang, ehe ein weiterer aus dem Schatten trat. Innerhalb von wenigen Augenblicken, waren sie umzingelt und Frederik neben ihm stieß einen gequälten, fast jämmerlich fiepsenden Laut aus.

Wie eine Maus, unter der drückenden Tatze einer Katze.

„Oh, ich habe davon gehört", gab der Prinz zurück, die Stimme geschliffen und glatt wie schwarzer Samt. Leanders Lippen verzogen sich jedoch nicht in Furcht. Ob es maßlose Selbstüberschätzung, Mut oder Arroganz waren, mochte in diesem Moment wohl schwer zu sagen zu sein. „Aber die konnten euch sicher kein so verlockendes Angebot machen, wie ich es kann."

„Und was sollte das sein?" Die herbe Stimme erhob sich über die anderen. Sie war volltönend und fest wie Stein, als sich nun der offensichtliche Anführer aus dem Schatten schob. Seine Gestalt war furchteinflößend; mit breiten Schultern, dem abgezogenen Pelz eines Bären über der Schulter und einem buschigen, dichten Bart.

Prinz Leanders Grinsen wurde breiter, doch nicht der winzigste Hauch von Wärme war darin zu erkennen. „Wir räumen gemeinsam die Königin aus dem Weg." Sein Blick legte sich mit dem verlockenden Versprechen auf den Anführer der Bande, die immerhin zahlreiche

Prinzen und Ritter getötet hatten. „Ich ernenne euch zum Hauptmann meiner Garde“, fuhr er fort und sein Blick schweifte über die anderen, “Ihr bekommt Land, Titel und Reichtum.“ Es war ein schmutziges Angebot. Aber er war auch weder ein edler Prinz noch ein heroischer Retter. Als der Anführer brummte und die Kerle Blicke tauschten, da wusste Leander schon, dass er gewonnen hatte. Die hungrigen Hunde hatten den Köder längst geschluckt. Wunderbar. Es brauchte immer jemanden für die Drecksarbeit oder Opferlämmer für die Schlachtbank.

„Und was ist der Preis, für diesen Handel?“, wagte es der Anführer jedoch zu fragen.

Ah. Einer, der cleverer war, als der Rest. Leander neigte den Kopf zur Seite und die eisigen Augen glitten über einen nach dem anderen. Eins, zwei, drei, vier, fünf, sechs, sieben... *Perfekt.* Sieben, die magische Zahl. Das Schicksal meinte es gut mit ihm.

„Die Prinzessin“, antwortete Leander und dann blieben seine Augen an dem Anführer hängen, ehe er mit der Zunge schnalzte. „Und das Herzblut von einem eurer Männer.“

"Nun lag Schneewittchen lange Zeit in dem Sarg und verweste nicht, sondern sah aus, als wenn es schliefe, denn es war noch so weiß wie Schnee, so rot wie Blut und so schwarzhaarig wie Ebenholz."

Kapitel 8

Der (Alb-)Traumprinz

In der Höhle mit dem glatt-gehauenen Stein warfen die zahllosen Kerzen tanzende Lichter an die Felswände. Ihre Flammen tänzelten in den Windzügen, die immer wieder durch den langen Gang hereinzogen.

Hier oben, so nahe dem Wipfel, war es eiskalt. Auch wenn ihn kein Sarg aus Glas erwartete, musste Leander zugeben, dass der Klotz aus Eis, in welchen sie das Mädchen gebettet hatten, auf gewisse Weise beeindruckend war. Obwohl das alles hier nicht mehr darstellte, als eine Farce, um törichte Prinzen und Ritter mit vollen Taschen anzulocken, setzte es den wertvollen Schatz wahrhaft in Szene.

Leander hatte die Arme locker hinter dem Rücken zusammengeführt, als er an den eisigen Sarg herantrat. Das Kerzenlicht kroch goldgelb über das Eis und ließ die feuchten Wände wie flüssiges Gold schimmern.

„Haar schwarz wie Ebenholz, Haut weiß wie Schnee ...“, murmelte er und seine Augen tasteten über das zarte Gesicht, die rosigen Lippen und die langen Wimpern. Sich über sie beugend, berührten seine Finger das puppengleiche Gesicht und es füllte ihn mit heißem, erwartungsvollem Kribbeln. Ja ... sie war perfekt. Sie würde seine Königin sein, wunderschön und gehorsam, wie es eine brave, willenlose Marionette sein sollte.

„Alles ist bereit“, verkündete Grim, in dessen Gesicht der Schatten noch tiefer in die Narben kroch.
Leander riss seinen Blick von der schlafenden Schönheit fort und ließ ihn über den gefesselten Banditen gleiten, den seine Freunde für diese Gelegenheit wie Schlachtvieh ausgesucht hatten. Er zog und zerrte an den Seilen, schaffte es jedoch nicht, sich aus den Griffen seiner eigenen Kumpanen zu befreien. Er schrie verzweifelt gegen den schmutzigen Knebel in seinem Mund an – vergeblich.

Als Leander das lange Messer mit der gewellten Klinge zog, weiteten sich seine Augen in Todesangst. Der Ruck des Dolches ließ seinen Körper erzittern und unter der Kraft der groben

Schnitte beben. Knirschen und Schmatzen, das Reißen von Sehnen und das Brechen der Knochen hallte von den Wänden wie eine finstere Melodie wieder, während Leander die Stimme erhob und die arkanen Worte sprach. Die Luft schien dicker zu werden, jeder Atemzug schwerer und das Knistern und Flimmern der Magie machte jeden Atemzug und Herzschlag schwerer.

Die Flammen der Kerzen erzitterten, kämpften gegen die Dunkelheit an, welche den Raum mit einem Mal deutlicher erfüllte. Für ihn war es ein Leichtes, nach den Fäden der Magie zu greifen, während warmes Blut über seine Hände floss. Unter den rituellen Klängen seiner Worte, schritt er mit dem frischen, eben noch pochenden Herzen in seinen Händen zu dem Sarg aus Eis.

Blut tropfte zu Boden und setzte rubinrote Tropfen auf Eis und Stein, während er es in die Hände reckte.

„Und nicht lange, so öffnete es
die Augen,
hob den Deckel vom Sarg in die
Höhe und richtete sich auf
und war wieder lebendig."

- Gebrüder Grimm -

Kapitel 9

Das Erwachen

Welcher Segen über dem armen Kind gelegen hatte, welcher Fluch ihr Leben auch endete oder ihren Schlaf auch gesponnen hatte. Nun formte er die Fäden dieses Zaubers neu, riss ihn an sich und durchtränkte ihn mit der Finsternis seiner eigenen, tintenschwarzen Macht. Wie ein unsichtbares Crescendo wirbelten die geisterhaften Schemen und Schatten in der Gruft, ließen selbst die Banditen furchtvoll unter der Macht erzittern, die aus unbekannten Welten in diese übergriffen und sich in den Schlieren der Magie manifestierten, die nun alles in der Höhle einnahmen. Wie Tinte, die in Wasser fiel, Tropfen für Tropfen, schien alles ... dunkler.

Leanders Finger bohrten sich in den blutgetränkten Muskel, drückten den Atem des Lebens mit Gewalt und Magie heraus und drei Tropfen rotes Blut stürzten in die Tiefe, auf die bleichen Lippen der schlafenden Schönheit inmitten von eisiger Kälte.

Der schwarze Prinz konnte spüren, wie sich seine Fäden um ihre Seele und ihren Willen schlangen. Das kleine Lichtlein ergriffen, sie banden und fesselten. Mit ihr würde dieses Königreich ihm gehören, sobald sie das letzte Hindernis aus dem Weg geräumt hatten: Die Königin.

Leander konnte nicht widerstehen, die Hand auszustrecken und mit dem Daumen das wunderschöne Rot auf den vollen Lippen zu verteilen.

'Haut so weiß wie Schnee, Haar so schwarz wie Ebenholz und Lippen so rot wie Blut', dachte Lysander entzückt, als die die Rubintropfen in den leicht geöffneten Mund rollten. Dann neigte er sich nieder und mit den letzten, finsteren Worten, stockte sein Atem in dem Kuss von Tod und Leben.

Als die langen Wimpern flatterten und sie ihren ersten, schweren Atemzug tat, da grinste der Prinz voller Zufriedenheit. Sie war wunderschön. Die Schönste im ganzen Königreich. Und nun war sie *sein*.

Seine Marionette war erwacht.

Kapitel 10

Blut & Schatten

Die Sichel des Mondes stand hoch am Himmelszelt und die Schatten erschienen heute besonders finster. Das Schloss lag friedlich da, umarmt vom Schleier der Nacht. Viele der Lichter waren erloschen und die endlosen Flure lagen in einer gespenstischen Stille. Nur ein paar wenige Soldaten hielten noch Wache, in dem sie die Wehrgänge auf und ab liefen.

Leander hatte mit seinem Plan recht gehabt – niemand wusste besser, wie man ungesehen in das Schloss kam, als die Prinzessin und eine Bande von Dieben. Im Schutz von Dunkelheit und Bäumen erreichten sie die Burgmauern ungesehen, auch wenn ihre Herzen mehrmals schneller schlugen, sobald Lichter von Fackeln in Sicht kamen.

Die nun nur noch sechsköpfige Bande fügte sich perfekt in den Schatten ein, als wären sie daraus geboren worden. Grimmige Züge, narben-bedeckte Gesichter und der unheilvolle Glanz auf geschliffenen Klingen.

„Also... wo ist der geheime Eingang?", fragte Leander, den Blick auf die Mauern geheftet. Es gab immer irgendwelche geheimen Zugänge, welche nur die Königsfamilie kannte. IMMER.

„Ich ...", die Stimme des Mädchens war zart wie Glas.

Als sein schönes Schneewittchen nicht gleich antwortete, griff er nach dem schmalen Kinn der jungen Frau, um es zu sich zu drehen, damit sie ihn ansah.

Leander blickte in das schöne Gesicht. Seine Augen waren so hell wie Gletscher und schienen in der Dunkelheit genauso unheimlich zu leuchten.

„Sag es uns", befahl er, die Stimme geschliffen und streng, während er das Kribbeln des Banns in seinen Fingerspitzen spürte. Klebrige Fäden einer Spinne, die warnend mit den Mandibeln klackte, um die Beute wissen zu lassen, wer hier die Macht in der Hand hatte. Sein Zauber band sie an ihn und nun zog er an den unsichtbaren Fäden seiner kleinen Puppe.

„E-Es gibt einen Geheimgang an der Ostseite der Burgmauer“, keuchte Mairwen, unfähig den Blick von den hypnotischen Augen ihres Puppenspielers abzuwenden. „Er führt in die Keller.“ Die blutorten Lippen formten eine schmale Linie, ehe sie weitersprach. „Aber von dort müssen wir durch die Gänge bis zu ihrem Gemach gelangen. Und dort gibt es immer Wachen...“

Boss, der breitschultrige Anführer nickte verstehend und sein Blick glitt wachsam über die Mauern.

„Lasst die Wachen mal unsere Sorge sein“, raunte er in das Dunkel und Leander lächelte zufrieden.

„Nichts anderes hatte ich vor."

*"Spieglein, Spieglein an der Wand,
Wer ist die Schönste im ganzen Land?"*

- Gebrüder Grimm -

Kapitel 11

Die Böse Königin

Es war ein eisiger Luftzug, der sie weckte. Nur langsam lösten sich die klebrigen Fäden ihres Traumes auf und entließen Rhiannon wieder in die Realität. Blinzelnd mussten ihre Augen sich erst an die Dunkelheit gewöhnen. Federn und Matratze seufzten, als sie die Beine aus dem Bett schob. Die Königin fröstelte und wickelte ihr Nachtgewand fester um ihren Körper, als sie wie ein Geist in Weiß an die geöffneten Flügeltüren trat. Dieses Zimmer hatte einst dem König gehört. Indessen jedoch herrschte sie über das Land, das einst ihrem verstorbenen Gemahl gehört hatte. Es war nicht leicht gewesen, doch letztlich hatte sie im Tanz auf dem Marmorparkett der Herrschaft alle anderen ausgestochen.

Rhiannon atmete einmal tief ein. Kühle, frische Nachtluft zerzauste ihr Haar, als sie die Flügel der Türen schloss. Wie seltsam. Hatte sie es nicht abgeschlossen? Der Gedanke hing ihr noch nach, als sie wieder in Richtung des Bettes schritt. Doch als sie den Blick hob, gefror ihr das Blut in den Adern.

„Guten Abend, eure Hoheit“, drang eine Stimme in die Finsternis und sie taumelte zurück. Sie erkannte eine männliche Gestalt mit kalten, blauen Augen und einem unheilvollen Grinsen.

Rhiannons Gedanken überschlugen sich. Doch es war nicht das erste Mal, dass man nach ihrem Leben trachtete.

„WACHEN!“, schwang sich ihre Stimme laut und fest in die Luft.

Doch der Fremde lachte nur, während sie durch das Gemach zur Tür stürzte. Rhiannon riss die Türen auf und sie wollte vor Erleichterung seufzen, als sie die breiten Staturen ihrer vertrauten Wachen vor dem Gemach erkannte ... da lösten sich dunkle Schatten nahe bei ihnen und die gerüsteten Krieger stürzten zu Boden. Erst jetzt erkannte sie, dass blutrote Flüssigkeit unter den Helmen, die edlen Brustplatten beschmierte... Blut!

Rhiannon keuchte und ihr Körper erbebte in Unglaube. Unmöglich! Niemand konnte einfach so in ihre Gemächer gelangen und...!

Sie fuhr herum, ihre Augen auf den Fremden gerichtet. Er führte eine weitere Person in das Mondlicht, das durch die Fenster hereinfiel.

„Ich bringe euch etwas zurück, dass ihr verloren habt", säuselte Prinz Leander wie der Tod selbst aus den Schatten.

Rhiannons Blick haftete sich an die Prinzessin, die sie getötet hatte. Das Mädchen, das tot sein sollte. An die bleichen, unheimlichen Züge so weich, wie kein normaler Mensch sie besitzen sollte. Auf die leuchtenden Augen, so klar und blau und ... kalt. Auf die Lippen rot wie Blut.

„Unmöglich", keuchte die Königin.

Prinz Leander legte lächelnd die Hände auf Schneewittchens Schultern, als diese die Stimme erhob.

„Ich bin gekommen, um mir zurückzuholen, was mir gehört."

„Da war ihm Schneewittchen
gut und ging mit ihm,
und ihre Hochzeit ward mit
großer Pracht und Herrlichkeit
angeordnet."

- Gebrüder Grimm –

Kapitel 12

Der Anfang vom Ende

Die Adligen von Valtara plapperten durcheinander. Die Musik schallte laut und in fröhlichen Klängen in den gewaltigen Saal und lud dazu ein, sich in der Melodie zum Tanz zu wiegen. Das Geklimper und Klirren von Besteck mischte sich mit dem von Kelchen, die gegeneinandergestoßen wurden. Die Luft war schwer und erfüllt von verführerischem Duft, sei es von gebratenem Fleisch oder frisch gebackenem Brot, Datteln und anderen exotischen Leckereien.

Wie schnatternde Gänse standen viele der Adligen beieinander, während sie immer wieder in die Richtung des Throns spähten, auf dem die höchsten Herrschaften dieses Abends saßen. Auf den ausladenden und weich gepolsterten Sesseln auf Gold, umrahmt von wallenden Brokatvorhängen, saß König Leander neben seiner am heutigen Tage frisch angetrauten Königin. Die Schönste im ganzen Land, Mairwen, das zurückgekehrte Schneewittchen.

Sie hatten Valtara aus den Fängen der Usurpatorin befreit und nun würde ein neues Zeitalter anbrechen ... zumindest glaubten sie das. Beinahe hatte Leander Mitleid mit ihnen. Denn bald schon, sobald seine Stellung hier gefestigt war, würde er Valtara für seine Rache missbrauchen – und gegen das Land seiner Brüder und danach alle umliegenden in den Krieg ziehen, um sich zu nehmen, was einem Mann wie IHM zustand!

Leander lehnte sich zufrieden zurück, als Boss sich ihm näher neigte.

„Alles ist vorbereitet", raunte der nun in einer edlen Rüstung steckende Mann seinem König zu, der zufrieden nickte und sich dann erhob.

„Und nun mein Hochzeitsgeschenk für meine bezaubernde Braut."

Damit hob er die Hand und auf ein Zeichen, führten Grim und Kibbe die ehemalige Königin in den Saal. Unter Raunen und Flüstern der gaffenden Adligen, zerrten sie jene in die Mitte des Saals und stießen sie dort auf den polierten Boden.

„Rhiannon. Für euren Verrat an Land und Krone und den versuchten Mord an Prinzessin Mairwen, verurteilen wir euch zum Tode“, verkündete er, während er den Blick über die anwesenden Gäste schweifen ließ, „Sei es all jenen eine Warnung, die gegen meine Liebste und das Königshaus intrigieren – oder es auch nur in Erwägung ziehen.“

Die Reihen der edel gekleideten teilten sich erneut, als diesmal Boss in die Mitte trat. Metall klirrte, als er das glühende Eisen heranbrachte und die Augen der Königin und der Adligen weiteten sich in blankem Entsetzen.

„Nein! Bitte! Mairwen!“, wandte sich die verzweifelte Königin an ihre Stieftochter, warf sich auf den Boden und wimmerte herzergreifend, „Bitte, habt Gnade...!“ Sie griff sogar nach dem Stoff des edlen Kleides, das einst so schönes Gesicht zu einer Grimasse aus Todesangst verzerrt und die Wangen nass von Tränen. Ein Spiegelbild der Verzweiflung, wie es einst auch Schneewittchen gewesen war.

"Da mußte sie in die rotglühenden Schuhe treten und so lange tanzen, bis sie tot zur Erde fiel."

- Gebrüder Grimm -

Kapitel 13

Der letzte Tanz

„Gnade? Hattet ihr jene denn für meine Gemahlin?“, antwortete jedoch Prinz Leander, ehe Schneewittchen überhaupt die Lippen öffnen konnte. Unter den entsetzten Schreien und dem fassungslosen Keuchen der Zuschauer, hielten die hartherzigen Banditen die ehemalige Königin in eisernem Griff, während ihre Füße in die glühenden Eisenkäfige gepresst wurden. Ihre Stimme wurde schrill und qualvoll.

„Musik“, forderte der König, seine Stimme wie ein Donnergrollen. Die Musikanten starrten, dann stimmten sie die Klänge an, die sich mit den Schreien zu einer bizarren Symphonie vermischten. Anwesende zuckten zusammen, Frauen klammerten sich an ihre Gatten und irgendwo fielen zarte Damen in Anbetracht dieses Grauens in Ohnmacht. Der ekelhafte Geruch von verbranntem Fleisch drückte in die Luft, Würgen und Wimmern ging in den Lauten aus Qual unter. Doch Rhiannon musste in den rot-glühenden Schuhen tanzen – so lange, bis sie schließlich tot zur Erde fiel.

Drückende Schwere lag über dem Saal, als die Banditen den leblosen Leib hinausbringen ließen. Alles erschien wie ein schrecklicher Albtraum. Da klatschte Leander zufrieden in die Hände, während Frederik und die Diener Kelche mit Wein verteilten.

„Kein Grund für solche Gesichter, meine Herrschaften", meinte der schonungslose König, "Immerhin ist dies ein Freudenfest."

Es war eine ekelerregende Mischung – der Geruch des süßen Weines zu dem grauenhaften Gestank von verbranntem Fleisch. Noch immer beschmierten das Blut, Asche und verbranntes Fleisch der Königin den weißen Marmorboden, als Frederik auch Schneewittchen und Leander die Kelche reichte.

„Auf die neuen Herrscher von Valtara..." verkündete Leander laut und unter dem scharfen Blick des Königs und seiner Halsabschneider, klirrten Kelche und setzten sich an bibbernde Lippen. Niemand wollte der nächste sein, der die Strafen des Königs zu spüren bekäme.

Leander schmeckte die Süße auf den Lippen und warf einen zufriedenen Blick zur Seite, zu seiner wunderschönen Königin. Seiner-

Leander würgte. Seine Stirn zog sich in Falten. Als er hustete, ergoss sich ein Schwall roten Blutes aus seinen Lippen vor seine Füße und mit einem Mal tanzten schwarze Flecken vor seinem Blickfeld. Alle Kraft floss aus seinen Gliedern, die unkontrolliert zitterten. Schreie erhoben sich. Tiefe, hohe, schrille, heisere. Leander blinzelte und sah, wie die Gäste sich wanden, aneinander rissen, nach ihrem Hals griffen, als würgte sie jemand. Blut schoss aus Nasen und Mündern, sie röchelten, japsten, zitterten und schüttelten sich.

„Schmeckt euch mein Apfelwein nicht, mein Geliebter?“, fragte die Stimme dicht neben ihm. So zart wie Glas ... und so kalt wie Eis. „Ich danke Euch, mein Prinz. Ihr habt mich zurückgeholt. Meine Rache verdanke ich Euch“, summte die Stimme der Schönheit, während sie das Haupt leicht zur Seite neigte, „Doch ich habe nicht vor, weiter unter Eurem Zauber zu stehen.“

Kapitel 14

Die Böse Königin

Leanders Körper krampfte, es fühlte sich an, als würde seine Eingeweide gewaltsam nach außen gerissen. Mit jedem Atemzug würgte er, schluckte und schmeckte Blut – und konnte doch nicht atmen. Seine Augen weiteten sich, während er Schneewittchen anstarrte. Er konnte nicht fassen, was gerade geschah.

Mit dem letzten Herzschlag des Hexenmeisters, spürte Schneewittchen den Bann um ihre Seele reißen, die Fäden zerschnitten und die Marionette... war frei.

Schneewittchen sah dem schwarzen Prinzen beim Sterben zu, der geglaubt hatte, er könnte sie benutzen. Doch was finstere Magie erschuf, war niemals leicht zu lenken. Mairwen war nicht mehr das naive Kind von damals. Sie war gestorben und wieder auferstanden.

Stoff raschelte um ihre Beine, als sie sich umdrehte und wieder auf dem Thron Platz nahm. Dem Thron ihres Vaters, der sie für ein

Weib verraten hatte. Der Thron, den dieses Miststück einer Stiefmutter ihr raubte. Der Thron, den diese Speichellecker einfach einer dahergelaufenen Mörderin überlassen hatten. Die Verräter, die ihr nicht geholfen und sogar gegen sie ausgesagt hatten. Sie hatten alle ihre Seite gewählt ... nun konnten sie gemeinsam in der Hölle schmoren.

Weiche Wellen von schimmerndem Haar fiel um die bleichen Züge der von den Toten zurückgekehrten Prinzessin. So weiß wie frisch gefallener Schnee, der darunter die Verdorbenheit ihrer Seele zu verbergen wusste. Das Herz war schwarz wie Ebenholz und die Lippen noch immer rubinrot vom Herzblut eines Toten. Mairwen drehte den Kelch in ihren Fingern. Der Wein floss zu Boden, plätscherte auf die Stufen und mischte sich mit Blut und Tod zu ihren Füßen.

„Lang lebe die Königin."

... Und wenn sie nicht (erneut) gestorben ist, so lebt sie noch heute.

S. WOLFF

S. Wolff wurde 1988 in Esslingen am Neckar geboren und lebt heute gemeinsam mit ihrem Lebensgefährten sowie ihren Katzen in der schönen Stadt Leonberg.

Schon vom ersten Aufsatz in der Grundschule an, verliebte sie sich in das Schreiben. Diese Leidenschaft blieb ihr bis heute erhalten. Neben Kurzgeschichten und Novellen schrieb sie in den folgenden Jahren als Hobbyautorin immer wieder in verschiedenen Foren.

Im Jahr 2022 traute sie sich schließlich mit den Wattys an ihren ersten, offiziellen Schreibwettbewerb und gewann im Genre Mystery mit ihrem Debut-Roman ´Die Akte Grimm´ den deutsch-sprachigen Grand Prize.

Seitdem veröffentlichte sie über diverse Plattformen weitere Kurzgeschichten, Novellen und Romane.

Loved this book?
Why not write your own at story.one?

Let's go!